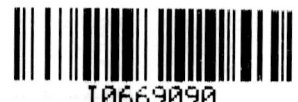

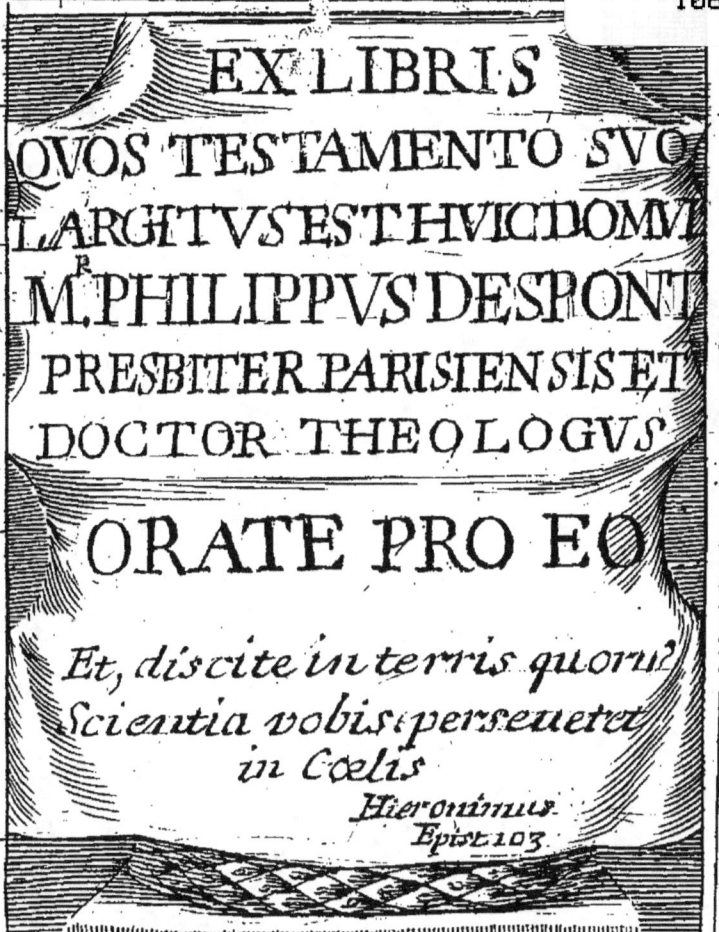

RECITS
OV
MOTETS
DE DEVOTION,

Sur les plus beaux Airs de ce temps.

Par I. P. C. A. D.

A CAEN,
Chez PIERRE POISSON.
AVEC PRIVILEGE DU ROY.

M. DC. XLVII.

Pro nosocomio Insanabilium. P. dorvont.

L'IMPRIMEVR AV LECTEVR.

CEs Recits de Deuotion ont esté dressez par l'Autheur à l'instance de quelques Dames Benedictines, qui joignent à vne profonde Pieté, vne grande connoissance de la Musique, dont elles se seruent auec beaucoup d'edification dans les Offices Diuins.

Elles en vsent aussi, selon le conseil de S. Paul, auec toute sorte de modestie dans leurs Recreations ordinaires prescrites par leurs Regles; & pour appliquer au seruice du Tabernacle les vaisſeaux d'Egypte, elles ont deſiré que l'on changeaſt les paroles prophanes & mondaines des plus beaux Airs qui ſe chantent dans le ſiecle, en de ſacrées & deuotes.

C'eſt ce que l'on a fait en ces Recits ou Motets, qui peuuent ſeruir, outre la ſaincte recreation du chant, de points d'Oraiſon Mentale & de lecture ſpirituelle, qui portera à de bõnes aſpirations & éleuations d'eſprit vers Dieu.

L'Autheur ſe faiſant tout à tous, pour les gaigner tous à IESVS-CHRIST, a ſuiui en cela les traces de quelques anciens Eueſques & Peres de l'Egliſe, particulierement de S. Gregoire de Nazianze, à qui, & non ſans ſujet, il a vne ſpeciale inclination & deuotion, qui n'ont point dédaigné d'exprimer en vers leurs plus deuotieuſes penſées.

RECITS OV MOTETS DE DEVOTION.

MEˊPRIS DU MONDE, sur l'Air, *Que ie meure.*

POur moy vous n'auez plus d'attraits,
Monde vous n'auez plus de charmes,
Je suis à l'abri de vos traits,
Vos feux sont éteins dans mes larmes,
Je veux en ce sacré seiour
Seruir Dieu la nuit & le iour.

Monde pipeur qui amusez
Tant de cœurs par vos artifices,
Je ne suis plus des abusez
Que vous charmez par vos malices,
Je veux pour touiours en ce lieu
Seruir à la gloire de Dieu.

A L'AMOVR DE IESVS,

sur l'Air, *Beaux yeux si charmans.*

DE quels heureux contentemens,
IESVS viue source de flames,
Emplissez vous les belles ames
De tous vos fidelles amans?
De quel bon-heur les comblez-vous,
En les aimant comme fidelle Epoux?

Vos propos plus doux que le miel
Charment les ames plus rebelles;
Que feront dont les colombelles,
Qui comme vous n'ont point de fiel,
Et dont tout le contentement
Est de vous auoir pour Amant.

LIBERTE' D'ESPRIT,

sur l'Air, *I'ay veu cet astre de la Cour.*

ENfin les liens sont brisez
Qui tenoient mon ame enchaisnée;
Ma volonté n'est plus gesnée,
Et mes desirs ne sont tirannisez;
O quelle Tirannie
Me tourmentoit! ô Dieu quelle manie!

Ie ne sens plus les passions
Qui me trauailloient la pensée,
Alors que mon ame insensée
Couroit au gré de ses affections,
O quelle Tyrannie
Me tourmentoit! O Dieu quelle manie!

AMOVR POVR IESVS,

sur l'Air, *Les yeux noyez.*

Tout ce qui n'est point vous, m'est vn obiect de haine,
IESVS tres-sainct amour & le souuerain bien,
Tout ce qui n'est point vous, ne me donne que peine,
Tout ce qui n'est point vous, me semble n'estre rien.
Qui ne vous aime pas, qu'est-ce doncques qu'il aime?
Qui peut ailleurs qu'en vous prendre quelque plaisir?
N'est-ce pas vn erreur & vn mal-heur extréme
De penser autre part contenter son desir?

DE L'AMOVR DE DIEV, sur l'Air,

Obiect dont les charmes si doux.

SI dedans le mortel seiour
Où les mal-heurs sont ordinaires,
Nul autre charme que l'Amour
Ne peut temperer nos miseres:
Aimons doncques parfaictement
L'obiect qui peut donner vn vray con-
tentement.

Obiect, dont l'éclat nonpareil
Chasse les ombres des desastres,
Faisant mesme affront au Soleil
Que le Soleil aux moindres Astres,
C'est Dieu qui seul parfaictement
Peut donner à nos cœurs, vn vray con-
tentement.

CONSOLATION EN DIEV,

ſur l'Air, *Bien que ie ſois abſent.*

QVoy que l'affliction m'abatte le courage,
Il ne faut pas pourtant deſeſperer,
Vn iour viendra, ie le dois eſperer,
Que ie feray profit de mon dommage:
A qui peut en Dieu eſperer,
Tout mal eſt doux à endurer.

Pouuons nous voir la Croix, où l'Amour de nos Ames,
Pour noſtre amour a voulu tant ſouffrir,
Sans deſirer pour luy iuſqu'au mourir
Lācer nos corps dās les feux & les flames:
A qui peut en Dieu eſperer,
Tout mal eſt doux à endurer.

ME'PRIS DV MONDE,

sur l'Air, *Pourquoy mortels.*

IE n'ayme plus les paſſetemps
Qui ont amuſé ma ieuneſſe,
A cauſe des biens que i'attens
Tout plaiſir m'eſt vne triſteſſe:
Penſer à Dieu tant ſeulement
M'eſt vn parfait contentement.

Vous plaiſirs, penſers deceuans,
Qui auez abuſé mon ame,
Soyez emportez par les vents,
Ie brûle d'vne ſaincte flame:
Penſer à Dieu tant ſeulement
M'eſt vn parfait contentement.

GVERRE SAINCTE,

sur l'Air, *Rompons nostre prison.*

BRisons tous les liens qui attachoient nos cœurs
A l'amour de la terre,
Et pour preuue qu'en fin nous en serons vainqueurs,
Poursuiuons nostre guerre.

Reduisons ce Tyran à toute extremité,
En signe de victoire,
Et puis nous châterons qu'à toute Eternité,
A Dieu en soit la gloire.

ADIEV AV MONDE.

ENfin les liens ſont rompus,
Qui tenoient mon ame en ſeruage,
Adieu Monde, n'en parlons plus,
Par tout le reſte de mon age,
Ie veux ſeruir à IESVS-CHRIST,
En verité & en eſprit.

Loin des obiects pernicieux,
Qui tenoient mon ame captiue:
Dans ce Cloiſtre deuotieux,
Où ie m'enterre toute viue,
Ie veux ſeruir à IESVS-CHRIST,
En verité & en eſprit.

SVR LA SAMARITAINE.

HE'! Seigneur donnez moy cett' eau,
Vous disoit la Samaritaine,
En luy donnant vn cœur nouueau,
Vous en fistes vne fontaine,
Qui reiallit iusques au Cieux,
Et se répandit par ses yeux.

Vostre grace diuin IESVS,
Est cette source desirable,
Qui doit estre à nos cœurs perclus
Vne piscine fauorable,
Creant en nous vn cœur nouueau,
Hé! Seigneur donnez nous cett' eau.

BEAVTE' DE IESVS.

IESVS dont l'éclat nonpareil
Obſcurcit le meſme Soleil,
Soit qu'il remonte en ſa carriere,
Ou ſoit que retournant ſous l'eau
Il porte aux Indes la lumiere
De ſon admirable flambeau.

Vous pouuez d'vn trait de vos yeux
L'éblouïr au milieu des Cieux,
Ou le faire cacher de honte,
Ou de crainte qu'en vous voyant,
Voſtre clarté qui le ſurmonte,
N'eclipſe ſon œil flamboyant.

AVX ANGES SVR LA nuit de Noël.

Ce diuin Soleil qui nous luit
Dans le milieu de cette nuit
Comme l'autre en ſon hemiſphere,
Ce IESVS ſi beau & ſi doux,
Anges, témoins de ce Miſtere,
Venez l'adorer auec nous.

Venez donc Celeſtes Eſprits,
Et de ſon ſainct Amour épris
Comme nous de ſes viues flames,
Chantons dans ce pauure ſeiour,
Bon iour le Soleil de nos ames,
Soleil de nos ames bon iour.

A IESVS EN CROIX,

sur l'Air, *Obiect le plus doux.*

QVe faites vous en cette Croix,
Aimable suiet de mes pures flames?
J'opere, attaché à ce bois,
Le rachat de toutes les bonnes ames.
JESVS aimable & doux,
He! *qui me dōnera que ie meure pour vous?*

Vous voyant abreuué de fiel,
Mes yeux deuiēnent de viues fontaines.
C'est pour vous acquerir le Ciel,
Que ie souffre toutes ces dures peines.
JESVS aimable & doux,
He! *qui me dōnera que ie meure pour vous?*

VOEVX A IESVS,

sur l'Air, *Reine que ie sers.*

IESVS que ie sers en ce lieu retiré,
A vostre gloire consacré,
Diuin Sauueur, Astre sans pareil,
Le iour m'est nuit deuant vous, ô! mon beau Soleil.

Content dans mes fers, c'est ici que ie veux
Garder fidellement mes vœux,
Diuin Sauueur, Astre sans pareil,
Le iour m'est nuit deuant vous, ô! mon beau Soleil.

SVR VN CRVCIFIX,

sur l'Air, *I'ay veu cet astre de la Cour.*

VOyant à la Croix attaché
Le diuin suiet de ma flame,
O! quelle douleur à mon Ame,
Quand ie connois que c'est pour mon peché.
O! que la Croix est belle,
Tout mon desir est de mourir en elle.

Il n'est pas iuste qu'en ce bois,
L'innocent soit mis pour le traistre,
C'est moy qui ay trahi mon maistre,
C'est doncques moy qui doit mourir en
Croix.
O! que la Croix est belle,
Tout mon desir est de mourir en elle.

CONTRE LE MONDE,

sur l'Air, *Quand pour Philis.*

QVand ie viuois au milieu des delices
Et de la vanité,
Mon cœur estoit de ses propres malices
Sans cesse tourmenté,
O! que ces vains contentemens
Estoient parsemez de tourmens.

Mais maintenãt i'ay la paix dedans l'ame,
Seruant à IESVS-CHRIST,
Et ie ressens dans vne saincte flame
Le repos de l'esprit.
De combien de contentemens,
O Dieu! comblez vous vos amans?

A IESVS EN CROIX.

S'Il faut que ie viue sans playe,
Vous voyant tout meurtri de coups,
Faites, diuin Amant, que i'aye
Au moins quelque pitié de vous,
Afin que mon affection
Attire quelque part de vostre affliction.

Vn membre qui n'a point d'atteintes,
Ni de douleur, ni de tourment,
Sous vn chef herißé de pointes,
N'est-il pas sans ressentiment?
Pour le moins en compatissant,
Qu'il prenne part au mal de son chef languissant.

DE L'AMOVR DE LA MORT, & de la Mort d'Amour.

VOus languissez d'Amour étendu sur ce bois,
Cher Amant de nos ames,
Et cõme le Phœnix, vous faites de la Croix
Vn bûcher à vos flames.
En ce mortel seiour,
Ie ne voy rien de fort
Comme la mort d'Amour,
Et l'amour de la Mort.
Qui n'aimera la mort, en vous voyant souffrir,
Vne peine si dure?
Qui ne mourra d'amour, en vous voyant mourir
Pour vostre creature?
En ce mortel seiour, &c.

SVR LA CHARITE'.

Toute vertu ſans Charité n'eſt rien,
Sans les vertus la Charité eſt feinte,
Si vous voulez que voſtre ame ſoit ſainte,
Par Charité faites touiours le bien:
O! que la Charité eſt belle,
Toute vertu n'eſt rien ſans elle.

La Charité eſt toute en l'action,
Plus elle agit & plus eſt-elle forte,
Comme la Foy ſans les œuures eſt morte:
La Charité perit ſans fonction.
O! que la Charité eſt belle,
Toute vertu n'eſt rien ſans elle.

ADORATION DE IESVS.

C'est à dire Hõme-Dieu.

I'*Adore* Theandre *immortel*,
Le Roy des hommes & des Anges,
Ie veux que toutes mes loüanges
Soient les parfums de ſon Autel,
Et que mon Luth d'iuoire
Ne reſonne que pour ſa gloire.

I'adore ſes perfections,
Perfections les nompareilles,
Je veux que touiours ſes merueilles
Occupent mes affections,
Et que mon Luth d'iuoire
Ne reſonne que pour ſa gloire.

SVR L'ASCENSION DE nostre Seigneur.

Vous vous cachez dõc dans les Cieux,
En vous dérobant à mes yeux,
Vous qui m'auez l'ame rauie,
O Dieu ! que vostre amour est fort,
Vostre presence fut ma vie,
Vostre absence sera ma mort.

Allez, cachez vous dans les Cieux,
Ostez vous de deuant mes yeux,
Emportez mon ame rauie,
C'est tout le bon-heur de mon sort,
Vostre absence m'ostant la vie,
Ie vous reuerray par la mort.

AVX YEVX DE IESVS.

BEaux yeux qui me faites le iour,
Yeux de l'adorable Theandre,
Viues sources du sainct Amour,
Encore que vos feux mettent mon cœur en cendre,
Ie benis leur flambeau
Qui me meine au tombeau.

Astres diuins dont la vigueur,
Et les puissantes influences,
Font tomber mon ame en langueur,
Faites que pour cõbler toutes mes esperãces,
Vostre Amour soit si fort
Qu'il me donne la mort.

FIDELITE' A IESVS ET MARIE.

EN ce mortel pelerinage,
Ce ſeiour de captiuité,
En cette terre d'eſclauage,
Pour marque de fidelité,
Je chanteray toute ma vie,
Viue IESVS viue MARIE,
Et puis quand ie n'en pourray plus,
Je meurs en MARIE & IESVS.
Allant au terroir deſirable
Qui coule le lait & le miel,
Ie veux en ce val miſerable,
Touſiours aſpirer vers le Ciel,
Et reſonner toute ma vie
Viue IESVS, viue MARIE,
Et puis quand ie n'en pourray plus,
Ie meurs en MARIE & IESVS.

A LA DIVINE BEAVTE'.

ETernelle Beauté, dont l'adorable flame
Consume dans le Ciel les Esprits bien-heureux,
Puis-ie vous contempler sans connoistre en mon ame,
Que ne vous aimer pas c'est estre mal-heureux?
Celuy qui ne vous aimera
Pour iamais perira.

Ne permettez donc pas que iamais ma memoire
Perde le souuenir de cette verité,
Et faites que mõ cœur mette toute sa gloire
A vous aimer sans fin, eternelle Beauté,
Car celuy qui vous aimera
Pour iamais fleurira.

SVR VNE BELLE VOIX.

BElle voix dont les ſons
Rauiſſent les oreilles,
Tes diuines Chanſons
Sont autant de merueilles,
On diroit quelquefois,
Quãd tu viens à pouſſer la diuine loüan-(ge,
Que l'on entend vn Ange,
Pourueu que ton cœur ſoit auſſi doux que ta voix.
Mais pour l'vnique Enfant
De la pure Vranie,
Le goſier triomphant
Garde ſon harmonie :
Sous tes diuines loix,
Adorable IESVS, fai dõc qu'elle ſe rãge,
Tu en feras vn Ange,
En luy dõnant vn cœur auſſi doux que la (voix.

SVR VNE DESOLATION.

Lumiere de mes yeux, puisque ma destinée,
Est fille de vostre bonté,
Hé! cõment laissez-vous mõ ame abandõnée
Dans vne telle obscurité.
Theandre Amant si doux,
Pourquoy me quittez vous?

Reuenez mõ beau iour, mõ aimable lumiere,
Et rendez à mon pauure cœur,
Vostre Esprit principal & sa ioye premiere,
En le remettant en vigueur.
Theandre Amant si doux,
Helas! rapprochez vous.

SOVPIR DEVOTIEVX,

sur l'Air, *C'en est fait, il me faut mourir.*

IE voudrois maintenant mourir,
Si ie pensois iamais guerir
D'vne si pure & douce attainte,
Le trait qui me blesse le cœur
Me fait vne playe si sainte,
Que ma santé est ma langueur.

O! Non n'en guerissons iamais,
Et si ie pensois desormais,
Perdre le brandon qui m'enflame,
Je voudrois maintenant mourir,
Car tout le desir de mon ame,
C'est n'en pouuoir iamais guerir.

VOL D'ESPRIT.

POurquoy cette longue demeure
Dans ces bas & terreſtres lieux ?
Il faut que ie meure,
Pour m'éleuer dedans les Cieux.

Si nul ne peut voir Dieu & viure
Dans ce miſerable ſeiour,
Mourons donc, pour ſuiure
IESVS, pour nous mourant d'Amour.

IOYE EN DIEV SEVL,

sur l'Air, *Ie ne suis plus de chair & d'os.*

IE fui les diuertissemens
Où i'ay consumé tant d'années,
A de plus saincts contentemens
Mes affections sont tournées : (iour
Theandre, vos beautez m'occupēt, nuit &
Je ne pense qu'en elles,
Pour voler apres vous, faites que vostre Amour
Me fournisse des aisles.

Tout autre penser me déplaist
Et ne m'engendre que tristesse,
Ie n'aime que ce qui vous plaist,
Sans vous ie n'ay point d'alegresse :
Theandre, vos beautez. &c.

PLEVRS PENITENS,

sur l'Air, *Mes yeux sont changez.*

QVe le peché cause de peines,
C'est vne source de mal-heurs,
Mes yeux sont changez en fontaines,
Iamais n'y tarissent les pleurs,
Ie n'ay que trouble en mes pensées,
Regardant mes erreurs passeés.

O! que perissent les iournées
Ausquelles i'ay tant offencé,
Les passions desordonnées
Rauagent mon cœur insensé:
O Dieu! quand verray-ie effacées,
Par mes pleurs, mes erreurs passées?

SVR VNE PRAIRIE,

sur l'Air, *Allons belle Bergere.*

O Que cette prairie,
Si verte & si fleurie,
A de belles couleurs,
O! combien la nature
Est riche en la peinture,
De ses diuerses fleurs.

Le ruisseau qui serpente,
Descendant de la pente,
Maintient ce coloris,
Allons y, chere bande,
Cueillir vne guirlande,
Pour MARIE & son Fils.

SVR VNE TRISTESSE,

ſur l'Air, *Arreſte toy belle Inhumaine.*

QV'eſt deuenüe cette ioye,
Où ie goûtois tant de douceur?
Qui a donné mon cœur en proye
A cette facheuſe douleur,
Qui ſans pouuoir dire pourquoy
Met tous mes eſprits en émoy?

D'où vient cette melancolie,
Qui tiranniſe ma raiſon?
D'où vient ce chagrin qui me lie
Dedans vne obſcure priſon?
Vous ſeul le ſçauez, ô IESVS!
Secourez moy, ie n'en puis plus.

AVX YEVX DE IESVS,

sur l'Air, *Amarillis mon vnique pensée.*

IE sens d'vn trait ma poitrine offencée,
Mais d'vn trait d'or, dont mon ame blessée,
Plus que tout bien honore la pointure,
C'est de vos yeux, ô Theandre immortel!
Que vient cette blesseure.

Helas! beaux yeux, ma clarté plus aimée,
C'est par vos rais que mon ame charmée,
Ne void plus rien de ce qui est au monde,
Vos regards sont de vrais contentemens
Vne source feconde.

SVR VN MOT DE IOB,

sur l'Air, *Laissez moy seulement.*

HE ! permettez qu'vn peu,
Par des soûpirs de feu,
Et que par des accés & des plaintes funebres
Ie regrette mon sort,
Auant que ie descende en ce lieu de tenebres,
En l'ombre de la mort.

Faut-il que mon erreur,
En ce seiour d'horreur,
Me precipite ainsi parmi ces noires ombres?
Seigneur, si vostre amour
Ne m'abandonne point dans ces demeures sombres,
Leur nuit sera mon iour.

EXCÉZ DE DOVLEVR,

sur l'Air, *Ciel à qui ma plainte s'adresse.*

Pour moy le Ciel est-il de glace?
Ne treuuerai-ie point de grace,
Deuant Theandre que ie sers?
Que dis-ie, helas, ô Dieu de mon ame!
Ce desespoir merite la flame,
Qui brûle dedans les Enfers.

La Rigueur & la Tirannie,
Dans vne bonté infinie,
N'ont point de prise, ni de lieu,
C'est la douleur qui de prés me touche,
Qui va tirant ces mots de ma bouche,
Pardonnez cet excez, ô Dieu!

ESPOIR EN DIEV,

sur l'Air, *A la fin c'est trop.*

IE suis tantost las de me plaindre,
Ie ne sçaurois plus me contraindre
Dedans les douleurs que ie sens,
Sans vostre amour qui me soulage,
Et qui me soûtient le courage,
O Dieu! ie serois hors du sens.

Heureux, de qui l'espoir se fonde
En vous, ô Createur du monde!
Il fait profit de son mal-heur:
Seigneur estant pour vostre gloire,
Je tiendray pour vne victoire,
De languir dedans la douleur.

DOVCEVR ET DOVLEVR, sur l'Air,

Beaux yeux qui charmez les cœurs.

L'*Amour que i'ay dans le cœur,*
Qui me met en langueur,
Est mon contentement, (ment,
Quoy qu'il me cause vn fascheux tour-
Plus il m'est rigoureux,
Et plus ie me tiens heureux.

Estant vn amour du Ciel,
Sa rigueur m'est vn miel,
C'est vne volupté,
Que de souffrir pour l'Eternité:
Theandre aimable & doux,
Heureux qui souffre pour vous.

PRINTEMPS SPIRITVEL,

sur l'Air, *Quando volui.*

QVand le Soleil rameine le temps,
Qui nous fait sentir l'aimable Printemps,
L'on entend chanter en tous lieux,
Les grãds & petits, les ieunes & vieux.

Quand verrons-nous refleurir nos cœurs,
Apres tant de maux & tant de lãgueurs,
Ce sera lors que le peché
Ne nous tiendra plus l'esprit attaché.

PROTESTATION
de fidelité.

sur l'Air, *Ie veux mourir s'il est vray que.*

PLûtost mourir que de voir en mō ame,
Le propre Amour regner comme vainqueur,
Je suis épris d'une plus saincte flame,
Theandre seul est le Roy de mon cœur,
C'est à luy seul que ie veux que ma vie
Soit desormais saintement asseruie.

Receuez moy, ô le Dieu de mon estre:
En sacrifice au pied de vostre Autel,
Ie vous connois pour mō unique maistre,
Ie vous consacre un seruice immortel,
C'est à vous seul que ie veux que ma vie
Soit à iamais saintement asseruie.

CONSTANT AMOVR,

sur l'Air, *Quoy ne suis-ie pas assez.*

VN autre suiet que Theandre
Pourroit-il posseder mes vœux?
Encor qu'il m'ait reduit en cendre,
C'est luy seul pourtant que ie veux:
O! quel mal-heur ie trouuerois
Si quelqu'autre ie desirois.

Regnez donc tout seul en mon ame
Theandre parfait, pour touiours,
Viuez seul obiet de ma flame,
Soyez mes vniques amours:
O! quel mal-heur ie trouuerois
Si quelqu'autre ie desirois.

AFFLICTION PRESSANTE.

IE n'ay plus de patience,
Car la langueur
Qui me gesne le cœur
Me tient en transe,
D'vne telle façon
Que i'en perds la raison.

I'en souffre la violence
Auec espoir,
De bien tost receuoir
Quelque allegeance,
Helas ! ie n'en puis plus,
Secourez moy IESVS.

DEDAIN DE LA TERRE,

sur l'Air, *Olimpe arriue dans.*

IE ne voy rien en ces bas lieux
Qui puisse contenter mes yeux, (re,
A qui aspire au Ciel, que chetiue est la ter-
Puisque tous les biens qu'elle enserre
Se doiuent quitter à la mort,
Les mépriser est vne guerre,
Qui se fait auec peu d'effort.

Aussi-bien puis qu'il faut mourir
Que nous seruiroit d'acquerir,
La domination de la terre & de l'onde?
Que si la figure du monde,
S'éuanoüit en vn moment,
Il est mal-heureux qui se fonde
Sur vn si vain contentement.

RECOVRS A DIEV,

sur l'Air, *Ie ne puis euiter.*

I'Ay beau me depiter,
Ie ne puis euiter
Mes passions,
Ni mes afflictions.
Si l'assistance
Ne vient d'enhaut,
Ie suis en transe,
Sans esperance,
Et tout me faut.

O le Dieu de mon cœur!
Regardez ma langueur,
Et mes mal-heurs
Accompagnez de pleurs.
Si l'assistance, &c.

VN MOT DV PSALMISTE,

sur l'Air, *Que de crainte.*

IE suis dans l'horreur des tenebres,
Et tout le iour m'est vne nuit,
Je n'ay que des plaintes funebres
Dans la bouche, pour tout deduit.

Mes yeux sont changez en fontaines,
Et retournez vers le Seigneur,
Lui disent, dans toutes ces peines,
Quand consolerez vous mon cœur?

Sur

SVR IESVS NAISSANT
Noël,

ſur l'Air, *Voici, voici mes cheres ſœurs.*

VOici, voici ce beau Soleil,
Au monde ſans pareil,
Qui par la douce lumière de ſes yeux,
Eblouït celle des Cieux.

Voyez-le, c'eſt luy qui reluit
Dans cette obſcure nuit,
Effaçant dedans le Ciel tous les flãbeaux
Qui nous paroiſſent ſi beaux.

CONTRE LES VAINES Pensées,

sur l'Air,

Quand cette mal-heureuse bande.

ALlez miserables Pensées
Qui me conduisez au peché,
Ie connois vos ruses passées,
Ie ne vous suis plus attaché.

Le Ciel m'a donné cette grace
De voir vostre malignité,
Vous n'aurez iamais plus de place
Dans mon cœur, qui vous est osté.

DESIR D'VNE BONNE FIN,

sur l'Air, *Philis vous auez tant d'appas.*

VOyez que ie vay pas à pas
Dedãs le chemin qui cõduit au trépas,
Ma peau desséchée,
Sur mes os attachée,
A veüe d'œil,
Panche vers le cercueil.

Seigneur, qui tenez mon destin
Dans vos mains, donnez moy vne bonne (fin,
Fin qui soit semblable
A cette desirable,
Qui rend aux cieux
Les Saincts si precieux.

HOMMAGE A IESVS,

sur l'Air, *Tirsis combatu par.*

LEs Perfections de Theandre,
L'vnique obiet de mon amour,
Ayans reduit mon cœur en cendre
Me pressent la nuit & le iour,
Ie n'ay garde de m'en deffendre,
Ie penserois mourir
Que guerir.

C'est luy que mon ame rauie
Adore en tout lieu, en tout temps,
C'est le seul soustien de ma vie,
Luy seul rend mes desirs contens,
C'est luy que mon ame asseruie
Reconnoist pour vainqueur
De son cœur.

SAINCTES AFFECTIONS pour Theandre,

sur l'Air, *Que le ſort eſt rigoureux.*

SErois-ie pas le ſuiet
De ma prope ruine,
Si i'auois vn autre obiet
Que la Beauté diuine,
Qui occupaſt mes paſſions
Et toutes mes affections?

C'eſt vous, Theandre immortel,
Qui poſſedez mon ame,
C'eſt de deſſus voſtre autel
Que ie tire la flame
Qui allume mes paſſions,
Et toutes mes affections.

SVR CE MOT DV CANTIQVE,
Vostre voix est douce & vostre visage est beau, sur l'Air,

Que vostre voix Philis arreste vn peu ses charmes.

LE POVX PARLE.

C'est à dire une Ame qui ayme Dieu.

V*Ostre visage est beau, ma fidelle* Ero-
thée,
*Et ses traits & son teint me rauissent les
yeux,* *(chantée,*
Le ton de vostre voix tient mon ame en-
Tant ses accés plaintifs me sõt delicieux,
*Ie ne sçay que choisir parmi tant de mer-
ueilles,*
Ou le parti des yeux, ou celuy des oreilles.
*En regardant les fleurs de vostre beau vi-
sage,* *(tez,*
Mes yeux sont éblouïs parmi tãt de beau-
*Mais oyant vostre voix, ie perds soudain
l'vsage* *(tez,*
De tous mes sentimẽs, qui en sõt transpor-
Et suis tout étõné parmi tãt de merueilles
*De voir que mes yeux sont ialoux de mes
oreilles.*

L'ANGVEVR SACRE'E,

sur l'Air, *Hé! pourquoy mon Philon.*

MOn esprit est blessé d'vne si belle attainte,
Que ie crains que mon cœur
Ne perde sa langueur,
Ie me dementirois,
S'il sortoit de ma voix
Vne seule plainte.
Certes si ie me tay, ce n'est point par contrainte,
Je prens tant de plaisir
Dedans mon sainct desir,
Que mesme le trépas
Ne m'arracheroit pas
Vne seule plainte.

IESVS EN CROIX,

sur l'Air,

Allons de nos voix & de nos luths.

ELeuõs nos yeux & voyons les arteres
Du diuin Amant,
Qui pour nous tirer de toutes nos miseres
Souffre ce tourment,
Le voyez vous dessus ce bois,
Rendant à la mort les derniers abois.

Ce sont nos deffauts, qui luy ouurent les veines,
De tous les côtez,
C'est pour nos pechez, qu'il endure ces peines
Et ces cruautez,
Le voyez vous dessus ce bois,
Rendant à la mort les derniers abois.

BON ME'NAGE DV TEMPS,

ſur l'Air, *Tandis que ſous cette treille.*

Voici vn temps fauorable,
Nous voici en de ſaincts iours,
Las! nous n'aurons pas touiours
Vn bon-heur ſi deſirable:
O! combien eſt regrettable
Le temps coulé vainement,
Puiſque dedans ce moment,
Pouuoit eſtre merité
Le bien d'vne Eternité.
Faiſons doncques bon ménage
De ces momens paſſagers,
Ce ſont poſtillons legers,
Tirons-en noſtre auantage,
Pleurons le mauuais vſage
Du temps coulé vainement,
Puiſque dedans, &c.

CONTRE LES VAINS Plaisirs,

sur l'Air, *Incensez amoureux.*

ESclaues mal-heureux
Des inconstantes flames,
Qu'vn sort bien rigoureux
Tirannise vos ames,
Helas! tous vos desirs
Ne sont que desplaisirs.

Des plaisirs passagers,
Dont la fuitte est plus prompte,
Que des songes legers
Qui ne laissent que honte,
La fin de ces desirs
N'a que des déplaisirs.

LE SOVVENIR DE LA MORT,

sur l'Air, *Carite de qui le bel œil.*

QVe le mourir est douloureux
A l'homme riche & plantureux,
Qui a sa paix en ses richesses,
Mais celuy qui est en mal-heur,
Voit éuanoüir ses détresses
Dans cette derniere douleur.

O Mort! ton souuenir amer
Ne se peut assez estimer,
Pour purger les cœurs cacochimes,
Qui sont à la terre attachez,
Ton souuenir chasse les crimes,
C'est le grand fleau des pechez.

SERVICE DE DIEV,

sur l'Air, *De tous les plaisirs de la vie.*

IE ne voy rien en cette vie,
Qui puisse contenter vn cœur,
La ioye est aussi tost suiuie
De quelque fâcheuse langueur,
Tout le bien consiste à pretendre
D'aimer l'adorable Theandre.

Les roses sont pleines d'épines
Et les plaisirs d'afflictions:
Tombent en de grandes ruines
Les hautes éleuations,
Tout le bien consiste à pretendre
D'aimer l'adorable Theandre.

AV TOMBEAV DE Theandre,

sur l'Air, *O nuit où ie viens expirer.*

PVis que l'enclos de ce tombeau
Enferme ce diuin flambeau
De qui la lumiere est éteinte,
Flambeau lumiere de mes yeux,
Apres vne si rude atteinte;
Le mourir m'est delicieux.

Le mieux que ie puis esperer
C'est de voir bien-tost expirer
Mon ame triste & desolée,
Theandre estant mort en la Croix,
Mon ame de dueil accablée,
A ses pieds rendra les abois.

LA MADELEINE AV PIED de la Croix,

sur l'Air, *Qu'est deuenuë cette ioye.*

LA penitente Madeleine
Embrassant le pied de la Croix,
Pour soulager vn peu sa peine
Poussoit cette dolente voix,
Helas! faut-il que mon peché
Vous ait à ce bois attaché?

Le sainct Amant de cette Amante
Oyant cét aimable propos,
D'vne voix toute languissante,
Luy semble répondre en ces mots,
C'est pour effacer ton peché
Qu'en ce bois ie suis attaché.

CONTRE LE MONDE,

sur l'Air, *Philis enchante tous les cœurs.*

LEs plaisirs du Monde sont vains,
Ils s'en vont comme la fumée,
Tous ses honneurs sont incertains,
Que vaine & trompeuse est toute sa renommée,
Je ne puis estimer que pour des mal-heureux,
Ceux qui passent leurs iours, en lieu si dangereux.
Que celuy est plein de bon-heur,
Qui dessous le sac & la cendre
Coule son temps auec honneur,
Sous le ioug & les loix de l'immortel Theandre,
D'vne plus belle main, peut on prendre la Loy,
Ni occuper sa vie, en vn plus doux employ?

PLAINTE A THEANDRE,

sur l'Air, *Me voilà de retour.*

IE n'aime rien que vous,
Theandre aimable & doux,
Vous possedez mon ame,
Seul obiet de mon cœur,
Et mon vnique flame,
Pourquoy me traittez-vous auec tant de rigueur?

Encor que vous voyez
Que mes yeux sont noyez,
Dans vne mer de larmes,
Pour cette affliction,
Cause de tant d'allarmes,
Me pouuez-vous laisser sans consolation?

A la Croix

A LA CROIX,

sur l'Air, *Puisque i'ay veu Siluie.*

LA Croix est desirable,
Depuis que le Sauueur l'a teinte de son Sang,
Et depuis que par son beau flanc
Nous auons veu son cœur, si doux & si aimable,
Desormais pour IESVS, qui ne voudra (souffrir,
Pour luy qui ne voudra mourir?

Croix, leue au Ciel ta pointe,
Car tu es l'étendart de la Redemption,
Tu es la consolation
De l'amere douleur dont nostre ame est (attainte,
Desormais pour IESVS, &c.

AMOVR FVNEBRE,

VOyant par la mort abbatu
Son Epoux, de qui la vertu
L'auoit rauie à elle-meſme,
Caritée, dans ce tranſport,
Preſſée de douleur extreſme,
Attaquoit en ces mots & l'Amour & la Mort:
Cruelle Mort, pourquoy viẽs-tu déioindre
Ce que Dieu auoit ioint?
Cruel Amour, pourquoy veux-tu reioindre
Ce que le Ciel déioint?
Toutefois malgré le deſtin
Mon amour n'aura point de fin,
Et la froideur de cette lame
N'en éteindra point le flambeau,
L'aimant d'vne celeſte flame,
Ie laiſſeray ces mots grauez ſur ce tõbeau:
Cruelle Mort, pourquoy viens tu, &c.

SAINTE FLAME,

ſur l'Air, *Diuine Amarilis.*

LE plus beau des humains,
Theandre, tout mon ſort eſt en vos belles mains,
Suis-ie pas fortunée,
D'eſtre à vn Roy ſi doux & gracieux?
Diuin Amãt, vn ſeul trait de vos yeux
File ma deſtinée.
O! Theandre immortel,
Je conſacre mon cœur, victime à voſtre Autel,
Ie renonce à moy meſme,
M'abandonnant entre vos belles mains,
Car c'eſt vous ſeul que i'adore & que i'aime,
Le plus beau des humains.

BANQVEROVTE AV MONDE,

sur l'Air, *Je te dis adieu desormais.*

IE vous renonce pour iamais,
Monde, tout rempli de malices,
Je ne seray plus desormais
Suiette à tous vos artifices,
Ie veux vacquer en ce sainct lieu
A la seule gloire de Dieu.

Tous mes plaisirs & passe-temps
Seront les diuines loüanges,
Ainsi ie passeray mon temps
Dans l'occupation des Anges,
Vacquant iour & nuit en ce lieu
A la seule gloire de Dieu.

CONSTANTE ET SAINCTE Affection,

ſur l'Air, *Iuſtes cieux étoutez ma plainte.*

HElas ! que me pouuez vous faire,
Douleurs, langueurs, tentations?
Bandez vous contre moy, que tout me ſoit contraire,
L'eau des afflictions
Rendra plus claire
La lumiere & l'ardeur de mes affections.
C'eſt pour IESVS que ie ſoupire,
Dans ce deplorable ſeiour,
Je ſçay qu'il void mon cœur, qu'il connoiſt mon martire,
Mon martire d'amour,
Et que ie tire
De ſes yeux la clarté qui me dõne le iour.

AMOVR FORT ET SACRE',

sur l'Air, *E'loigné de vos yeux.*

THeandre, vos beautez qui m'ont l'ame rauie,
Possedent tellement toutes mes passions,
Que i'ay plus de pitié, maintenant que d'enuie,
Pour tout ce qui regnoit dans mes affe- (ctions.

Pur & diuin Amour, seul suiet de ma flame,
Pour vne Eternité sois le Roy de mon cœur,
Si quelque passion venoit tenter mon (ame,
Chasse là promptement, & t'en rens le vainqueur.

PIEVX REGRETS,

sur l'Air, *Ni de prison, ni de procez.*

IE haï les diuertissemens,
Qui détournent vne ame
De ioüir des contentemens
D'vne celeste flame.
On n'est qu'auec regret en ces terrestres (lieux,
La conuersation estant dedans les Cieux.

Vains Plaisirs, Pensers deceuans,
Pleins de fausse allegresse,
Vous vous écartez comme vens,
Ne laissant que tristesse.
On n'est qu'auec regret en ces terrestres (lieux,
La conuersation estant dedans les Cieux.

PLAINTE DOVLOVREVSE,

sur l'Air, *O! que le Ciel est contraire.*

LE sort est bien rigoureux à mon ame,
De la priuer de tout soulagement,
N'y aura-t'il que le froid de la lame
Qui puisse luy donner alegement?
Quand ie sommeille
Pour me soulager,
Ie me reueille
Pour plus m'affliger
Et plus me rauager.
Ie suis bien nay sous vn Astre farouche,
Puis qu'il me met en butte à tous malheurs,
Et m'arrachant les plaintes de la bouche
Me met en proye à toutes les douleurs.
Quand ie sommeille, &c.

DOVLEVR PENITENTE,

sur l'Air, *Non ie ne sçaurois plus feindre.*

IE suis comblé de tristesse,
Et i'ay le cœur
Accablé de langueur,
Quelle détresse
De ne sçauoir comment
Exprimer son tourment.

I'ay d'vne douleur extréme
Le cœur pressé,
Pour auoir offencé
Cette supréme
Et diuine bonté,
Qui m'a tant supporté.

PVRES ET SAINTES DELICES,

ſur l'Air,

Beaux yeux, viue ſource de flame.

ALlez vanitez de la terre, (temens,
Allez porter ailleurs tous vos enchã-
Mõ plus ardãt deſir eſt de faire la guerre
A tous vos diuertiſſemens.

Ie veux, par de ſaincts exercices,
Contrepointer vos traits & les rendre émouſſez, (delices
C'eſt dans l'Amour de Dieu, que de pures
Tiendront mes deſirs enlaſſez.

SAINCT ET ARDANT Amour,

ſur l'Air, *Aſtre diuin qui me charmez.*

DIuin obiet, dont la beauté
Rend captiue ſous ſes loix ma liberté,
Ie me plais dans mon martire, (re.
He! que ie crains que mon cœur s'en reti-

Mon beau Soleil qui m'éclairez,
Ie ſens par vos rais, tous mes ſens égarez,
C'eſt pour vous, diuin Theandre,
Que ie me plais d'eſtre reduite en cendre.

LANGVEVR SPIRITVELLE.

A Qui me donnez vous, vous à qui ie me donne?
Plus ie vous aime, & plus vous môntrez de couroux,
Vn Enfer si cruel, vn Paradis si doux,
Peuuẽt-ils partager vne mesme persõne?

Pourquoy dedans mon cœur iettez vous tant de flames,
Pour l'éteindre soudain par l'eau de vos rigueurs,
Puis-ie bien esperer, parmy tant de langueurs,
Que vous ayez encor des regards pour mon ame?

Cher Theãdre pardõ, la douleur qui me ſerre
M'empeſche de iuger, en troublant ma raiſon,
Que vos traits plus ardants portent la gueriſon,
Et pour donner la paix, que vous faites la guerre.

Taillez doncques, brûlez; que mon ame aſſeruie,
Supporte les trauaux que vous ordonnerez;
Elle vous aimera, plus vous l'affligerez,
O! le Dieu de ma mort, ô! l'Auteur de ma vie.

AVX YEVX DE IESVS,

sur l'Air, *Aurore, donne moy la vie.*

Theandre, donnez moy la vie,
C'est pour vous que ie meurs d'Amour,
Vos beaux yeux m'ont l'Ame rauie,
C'est d'eux que i'emprunte le iour.
Soleil va te cacher, Theãdre que i'adore,
Est le iour de mes yeux, sa grace est mon aurore.
Ses lampes de feux & de flames,
Sont la lumiere de mes yeux,
Ces flambeaux éleuent les ames
De la terre dedans les Cieux.
Soleil va te cacher, Theandre que i'adore,
Est le iour de mes yeux, sa grace est mon aurore.

AVX YEVX DE IESVS,

sur l'Air,

Beaux yeux si charmans & si doux.

THeandre, dont les yeux si doux
Forment les flames les plus saintes,
Que mes maux me donnent de craintes
De les voir armez de couroux :
Mes pechez vous donnent la mort,
Et vous pleurez sur mon mal-heureux sort.

I'erre dans l'horreur de la nuit
Du mal qui sille ma paupiere,
Et ie perds la belle lumiere
De vostre grace qui me luit.
Mes pechez vous donnent la mort,
Et vous pleurez sur mon mal-heureux sort.

ANGOISSE SPIRITVELLE,

sur l'Air, *Qu'est deuenüe cette ioye.*

I'Ay de la douleur, & ie n'ose
Pourtant me plaindre tout à fait,
Parce que i'ignore la cause
D'vn si triste & fâcheux effet,
Vous seul le sçauez, ô IESVS!
Secourez moy, ie n'en puis plus.

Ie sens ma vigueur abbatuë
Sous la tristesse qui me suit,
Et ie ne sçay ce qui me tuë,
Et i'ignore ce qui me nuit,
Vous seul le sçauez, ô IESVS!
Secourez moy, ie n'en puis plus.

Pour

POVR L'EXALTATION
de la ſaincte Croix, ſur le meſme Air.

VOicy l'Etendart fauorable
Du ſalut de tous les mortels;
La Croix, cette Enſeigne adorable
Qu'on éleue ſur les Autels:
IESVS triomphe par la Croix,
Et regne ſur nous par ce bois.

Croix, Ancre de noſtre aſſeurance,
Et colomne de noſtre Foy,
IESVS, noſtre vnique eſperance,
Nous a tous rachetez par toy:
IESVS triomphe par la Croix,
Et regne ſur nous par ce bois.

IESVS NAZAREEN ou Fleurissant.

sur l'Air, *Ostez ce noir belle Philis.*

ALlons, ô l'Amant que i'élis,
Qui vous paissez parmy les lis,
Allons en vostre iardinage,
Allons voir parmy ces chaleurs
S'il est comme vostre visage,
Semé de roses & de fleurs.

Allons, mon vnique desir,
Prendre cet innocent plaisir,
Parmy les fleurs & les ombrages :
Theandre, le feu de vos yeux
Domte les ames plus sauuages,
Et les cœurs les plus furieux.

LOVANGES DE LA SAINCTE Vierge,

ſur l'Air, *Philis enchante tous les cœurs.*

MARIE rauit tous les cœurs,
Les Anges la voyant ſi belle,
Ramaſſent leurs voix & leurs chœurs
Pour chanter ſa gloire immortelle:
Que ſi le firmament ſe plaiſt à l'honorer,
Que feront les mortels, ſinon de l'admirer?

Si la veüe de ſes beautez
Transporte les Saincts & les Anges,
Que dira-t'on de ſes bontez,
Qui paſſent toutes les loüanges?
Que ſi le firmament ſe plaiſt à l'honorer,
Que feront les mortels, ſinon de l'admirer?

SVR LA NATIVITE' DE la Vierge,

ſur l'Air, *Depuis que ta douce clarté.*

AViourd'huy parmi les mortels
Naiſt la Mere du grand Theandre,
Nous verrons fumer les Autels
Des loüanges qu'on luy doit rendre:
Beau Soleil d'oriẽt, que tout le mõde adore,
C'eſt pour l'Amour de vous qu'on aime cette Aurore.
Voici que la pointe du iour
De la Redemption des hommes,
Commence à paroiſtre à ſon tour,
Deſſus l'hemiſphere où nous ſommes:
Beau Soleil d'oriẽt, que tout le mõde adore,
C'eſt pour l'Amour de vous qu'on aime cette Aurore.

IESVS L'EPOVX DES Vierges,

sur l'Air, *Beaux yeux si charmans.*

IESVS, dont le nom est si doux,
Couronne des Vierges sacrées,
Qui de leurs vertus te recrées,
Leur seruant d'Amant & d'Epoux:
IESVS la douceur des douceurs,
Regnez parmi ces saintes Sœurs.

Doux Agneau plus blanc que le lis,
Et deuant qui la neige est noire,
Viuez plein d'honneur & de gloire,
Parmi ces chastes Roselis:
IESVS la douceur des douceurs,
Regnez parmi ces saintes Sœurs.

SOVFFRANCE DEVOTE,

sur l'Air, *Il est vray, ie n'ose me plaindre.*

OZerois-ie faire vne plainte, (Ciel,
De cette affliction que m'enuoye le
Certes si i'aime Dieu, de charité nõ feinte,
Cet absinte me sera miel.

Arriere plaintes & murmures,
Tout ce qui vient de Dieu, m'est tres-aimable & doux,
JESVS, c'est vn honneur de souffrir des iniures,
Quand on les endure pour vous.

ASPIRATION REBVTE'E,

sur l'Air,

Te verray-ie touiours inhumaine Syluie.

NE verray-ie iamais cette face adorable,
Pour qui les Seraphins brûlent dedans les (Cieux?
Languiray-ie touiours en ce val miserable,
Où l'on ne peut ioüir d'vn biẽ si precieux?

Temeraire Pecheur, oses-tu bien pretendre
A vn bon-heur qui n'est que pour les fauoris?
Va, pense à tes pechez, prend le sac & la cendre
En la maison des pleurs, quitte celle des (ris.

CONSTANCE PIEVSE,

sur l'Air, *Il est vray que i'ayme Cloris.*

QVe i'aime le diuin Sauueur,
Ie veux luy faire de mon cœur
Vn sacrifice volontaire:
Plus genereux que le Laurier,
I'aime mieux brûler & me taire,
Que de crier.

Ie veux dans ce feu bien-heureux,
Qui rend tous les maux sauoureux,
Adorer sa main salutaire:
Plus genereux que le Laurier,
J'aime mieux brûler & me taire,
Que de crier.

POVR LA PENITENCE,

ſur l'Air, *Puis qu'il vous faut quitter.*

A Qui offenſe Dieu la geſne eſt preparée,
Rien ne l'en ſçauroit garantir,
Sa ruine eſt toute aſſeurée,
S'il n'a recours au repentir,
Qui change ſes yeux en fontaines,
Pour éteindre les feux des eternelles peines.

O! Bapteſme ſecond, aimable Penitence,
C'eſt toy qui nettoye les cœurs
Et les purge de toute offenſe,
Par toy nous demeurons vainqueurs
Des feux des eternelles peines,
Quand tu changes nos yeux en de viues fontaines.

POVR LA NVIT DE NOEL,

sur l'Air, *Astre diuin.*

D*Iuin Enfant, tout plain d'attrais,*
Vos yeux, mes Soleils, me brûlent de leurs rais,
I'aime les tenebres sombres
De cette Nuit, dõt vous percez les ombres.

Astres iumeaux, vos doux rayons
Sont le cher soucy de mes affections,
Arriere pensées funebres,
Mõ plus beau iour est dedãs ces tenebres.

A LA CRECHE DE IESVS,

sur l'Air, *Cloris est belle.*

DE cette Creche
Sort la flamméche
Dont mon cœur est cõsommé nuit & iour,
C'est à Theandre
Qu'il me faut rendre,
Il est l'obiet de mon vnique Amour.

Pourrois-ie viure
Et ne pas suiure
Ce beau Soleil, qui me donne le iour?
C'est à Theandre
Qu'il me faut rendre,
Il est l'obiet de mon vnique Amour.

POVR LA NVIT DE NOEL,

sur l'Air, *Roßignol vos tons éclatans.*

O Froid, tempere ta rigueur,
Bize, retire ton haleine,
Zephir, ramenez la douceur,
Soufflez des fleurs parmi la pleine;
Puisque doit naistre cette nuit
L'Astre qui nous brûle & nous luit.

Reuenez, Printemps gracieux,
Rude Hiuer, cede luy la place,
Ce Soleil qui descend des Cieux
Fera-t'il pas fondre la glace,
Lors que paroistra cette nuit
L'Astre qui nous brûle & nous luit.

AV DIVIN ENFANT DE Marie.

ENfant, le plus beau des humains,
C'eſt dedans vos diuines mains
Que ie range mes deſtinées,
Ie n'auray iamais de deſir,
Que de conſacrer mes années
A faire voſtre bon plaiſir.

O! le bien Aimé de mes vœux,
C'eſt dans vos flames & vos feux
Qu'il faut, comme vne Salemandre,
Que ie viue & meure d'Amour,
Ie veux aux beaux yeux de Theandre
Brûler & la nuit & le iour.

A SAINCT IOSEPH, SVR LA Naiſſance de IESVS-CHRIST.

QVe vois-ie dedans cette Etable,
L'œillet & la Roſe & le Lis,
La Trinité douce & aimable
De Ioſeph, Marie, & ſon Fils,
C'eſt vn lien d'or & de flames
Qui tient ſes trois belles Ames.

Ioſeph, de Marie la garde,
Et auſſi du diuin Enfant,
Fay que cet Enfant me regarde,
Et me regarde triomphant,
Dedans la Sion triomphante
Où ſa gloire à iamais on chante.

AV MESME,
ſur l'Air,
IESVS, dont l'éclat nonpareil.

O Le plus heureux des humains,
Qui as ſi ſouuent en tes mains
Porté tout le ſalut du monde,
Ioſeph, le virginal Mari
D'vne Mere Vierge & feconde,
Du Ciel le plus grand fauori.

Maintenant que dedans les Cieux
Tu vois content & glorieux,
L'Amour des Anges & des Hommes,
Impetre nous de ſa bonté,
Que de ce ſeiour où nous ſommes
Nous paßions dans l'Eternité.

A SAINCT LEGER PATRON de Preaux.

LEger, dont le nom venerable,
Nous marque la sainte feruеur
Qui doit regner dans nostre cœur,
Pour le seruice raisonnable
Que nous deuons rendre à iamais
Au Dieu de Concorde & de Paix.

Fay qu'auec des aisles legeres
De Colombe, nous nous guindions
Au Ciel, & nous nous éleuions
Dessus les choses passageres:
O Sainct, le Patron de ce lieu,
Obtiens nous ces graces de Dieu.

A Sainct

A SAINCT BERNARD,

BErnard, fils d'vn parfum dont l'o-
deur agreable,
Embaume la terre & les Cieux,
Ton ſtile tout delicieux, (ctable.
Enchante les eſprits d'vn charme dele-

On void bien que le lait de la Vierge fecõde,
Qui a produit le Roy des Roys,
Donne à ta plume & à ta voix
Vne douceur de miel qui n'a point de
ſeconde.

AV MESME POVR L'ABBAYE d'Alnet.

BErnard, de fontaine l'honneur,
Et de Bourgoigne & de la France,
Par qui nous auons esperance
De voir refleurir en bon-heur,
Le deuotieux Monastere,
Qui te reconnoist pour son Pere.

Répans vn peu de ton Esprit,
Sur la reforme commencée,
Puisque nous auons la pensée
De bien seruir à IESVS-CHRIST,
Prie-le pour ce Monastere,
Qui te reconnoist pour son Pere.

AVX YEVX DE IESVS Naissant.

DIuin Enfant, dont les beaux yeux
Esbloüissent dedans les Cieux,
L'Astre qui porte la lumiere,
En naissant cette nuit, vous la changez en iour,
Mais d'vne si douce maniere
Qu'elle emplit l'Vniuers de flames & d'Amour.

Beaux Yeux du monde la clarté,
De mon cœur la felicité,
Ie vous abandonne mon Ame,
C'est vous qui changez mes tenebres en iour,
Ie renonce à toute autre flame,
Vous serez à iamais l'obiet de mõ Amour.

A SAINCT BENOIST de Preaux.

O Sainct ! beni & benissant,
Dont le troupeau touiours croissant
Porte de iour en iour, tant de Saincts en la terre,
Et de la terre dans les Cieux,
Benoist, vray enfant du tonnerre,
De la gloire ou tu es, regarde en ces bas lieux.

Voy dans ces prez & dans ces eaux,
Des Colomnes pour des roseaux,
Que la stabilité de leurs vœux y enserre,
Verse ton esprit en ce lieu
Benoist, vray enfant du tonnerre,
Pour seruir comme il faut à la gloire de Dieu.

SVR LES LARMES DE IESVS Naiſſant.

VErray-ie donques ces beaux yeux,
Plus clairs que les Aſtres des Cieux,
Dans l'horreur d'vne nuit glacée,
Couuerts d'vn deluge de pleurs,
Sans precipiter ma penſée
Dans vn abiſme de douleurs.

Beaux yeux, mes Soleils & mes Roys,
Puiſque ſous vos diuines loix
Je dois captiuer tout mon eſtre:
IESVS, mon vnique deſir,
Puis-ie vous voir pleurer & naiſtre
Sans étoufer de deplaiſir?

BEAVTE' DE IESVS
Naiſſant.

ENfant, merueille de beauté,
De nos cœurs la felicité,
IESVS, mon grand & petit Ange,
Doux Sauueur, miracle nouueau,
Recoy ce parfum de loüange
Que ie verſe ſur ton Berceau.

Quelle flame luit dans les Cieux
Belle & claire comme tes yeux,
A quelles roſes ne fait honte,
Ta douce & vermeille fraiſcheur,
Et quelle neige ne ſurmonte
Ta belle & naïue blancheur.

PAIX INTERIEVRE,

ſur l'Air, *Quand pour Philis.*

O Quelle Paix, de n'auoir autre flame
En tout lieu, en tout temps,
Que pour vn Dieu, qui peut combler noſtre ame
Et nous rendre contens;
Les Croix, les douleurs, les tourmens
Pour luy ſont des contentemens.

Dieu! voſtre Amour eſt l'vnique lieſſe,
Qui peut rauir vn cœur,
Dans ce ſeiour de mortelle détreſſe
Ou l'on vit en langueur,
Viure & mourir en vous aimant,
C'eſt le parfait contentement.

SVR LA NVIT DE NOEL,

sur l'Air, *Qu'Aminte a de charmãs appas.*

AVrore, rameine le iour,
Afin que ie voye à mon aise,
Le rauissant obiet de ma plus saincte braise,
Pour qui ie suis touiour
Languissante d'Amour.

Aurore, retarde le iour,
Je contemple assez à mon aise,
Aux rayons de ses yeux, la cause de ma braise,
Pour qui ie suis touiour
Languissante d'Amour.

SVR LE NOM DE IESVS,

ſur l'Air, *Triſtes deſerts.*

QV'à ce Nom tout genoüil flechiſſe,
Sur terre, ſous la terre & auſſi dans les Cieux,
Le ſeul Enfer gemiſſe,
De le voir glorieux:
Qu'à iamais ce beau Nō de mon ſacré Vainqueur,
Soit imprimé deſſus mon cœur.

Ce Nom ſi ſainct & adorable,
Eſt celuy de IESVS, la gloire des mortels,
Ce nom incomparable,
Merite des Autels:
Qu'à iamais ce beau Nom de mō ſacré Vainqueur,
Soit imprimé deſſus mon cœur.

LE SANG DE IESVS Circoncis.

CE beau Sang qui coule des veines
De IESVS, encor tendrelet,
Se va meslant auec le lait,
De ces mammelles qui sont pleines,
De ce Nectar delicieux,
Qui doit nourrir ce Roy des Cieux.

Venez icy, Epouse amante,
Boire le miel auec le vin,
Ce lait & ce Sang tout diuin
Au sein de la Vierge pleurante,
En voyant le Sang de son Fils,
Qu'elle a de ses mains circoncis.

AV DIVIN ENFANT de Marie,

sur l'Air, *JESVS dont l'éclat nompareil.* cy dessus, *page 15.*

ENfant, le plus beau des humains,
C'est dedans vos diuines mains
Que ie range mes destinées,
Ie n'auray iamais de desir
Que de consacrer mes années,
A faire vostre bon plaisir.

O! le bien aimé de mes vœux,
C'est dans vos flames & vos feux,
Qu'il faut comme vne Salemandre,
Que ie viue & meure d'Amour:
Ie veux aux beaux yeux de Theandre,
Brûler & la nuit & le iour.

SAINCTE ARDEVR,

sur l'Air, *Puisque vos beaux yeux.*

Puisque vos bontez sont la cause
De ce qu'on ose vous aimer,
Theandre, ie veux estimer,
Que vous aimez qu'on ose,
Se consumer pour vous,
O! que ce feu est agreable & doux.

Ardeur de la plus saincte flame,
Qui puisse rechaufer vn cœur,
Helas! vostre chere douceur,
Est l'Ame de mon Ame:
IESVS, brûler pour vous,
Est vn brasier & desirable & doux.

SAINCTE LANGVEVR,

THeandre, ma chere clairté
De mes yeux la felicité,
Et de mon Ame le martyre,
Obiet ſi charmant & ſi doux,
Ma langue oſera-t'elle dire
Que mon cœur ſoupire pour vous?

Ce ſont vos aimables bontez,
Ce ſont vos diuines beautez,
A qui ſeules ie me veux rendre,
Obiet ſi charmant & ſi doux,
Helas! adorable Theandre,
Souffrez que ie meure pour vous.

A L'ANGE GARDIEN,

sur l'Air, *Hélas! que ie souffre.*

BEl Ange, que le Dieu des Cieux
A deputé pour ma deffense,
Contre les traits malicieux,
Du Demon qui porte à l'offense,
Que ton Amour est grand d'exercer tes bon-(tez
Parmy mes laschetez.

Mon vice ne peut empescher,
Ta ialouse & fidelle garde:
Que i'ay de honte de pecher
Voyant que ton œil me regarde!
Helas! de quel honneur payerai-ie iamais
Les biens que tu me fais.

A IESVS NAISSANT,

sur l'Air, *C'est en vain disputer.*

ENfant, le desiré du Ciel & de la terre,
Vous auez trop d'appas:
Et qui font à nos cœurs vne trop douce guerre,
Pour ne leur ceder pas,
Nous detestons la liberté
Qui ne sert à vostre beauté.

Vous estes dans le Ciel les delices du Pere,
Qui se complaist en vous,
Vous estes ici bas le cœur de vostre Mere,
Et nostre sainct Epoux:
Nous detestons la liberté
Qui ne sert à vostre beauté.

A LA CRECHE DE IESVS,

sur l'Air, *Ie suis tout languissant.*

IE ne treuue ici rien qui ne soit delectable
Comme ce que ie voy dans cette saincte
Etable,
O! Fils de Marie,
Vous y faites de la nuit le iour,
Sauueur de ma vie (mour.
C'est pour vous seul que ie meurs d'A-

Creche, mon cher souci tu possedes la flame,
Et le diuin brasier qui allume mon Ame,
O! Fils de Marie,
Vous y faites de la nuit le iour,
Sauueur de ma vie, (mour.
C'est pour vous seul que ie meurs d'A-

Naissance

NAISSANCE DE IESVS,

ſur l'Air, *En fin le Ciel touché.*

LE Ciel, enfin le Ciel touché de nos miſeres,
A exaucé tant de prieres,
Que luy ont faites tant de Saincts,
Et par vne faueur qui n'a point de ſeconde,
Par vne Vierge, dans le monde
Eſt né le ſalut des humains.
Anges, courriers de Dieu, porteurs de ſa parole,
De l'vn iuſques à l'autre pole,
Allez annoncer aux mortels,
Que par vne faueur à nulle autre ſeconde,
IESVS eſt né dedans le monde,
Et qu'on luy dreſſe des Autels.

AMOVR POVR L'ENFANT IESVS,

sur l'Air, *Que d'agreables morts.*

QVe d'aimables appas, que de saintes
tendresses, (cœur,
Enfant de Bethlehem, tu verses dās mon
Hé! que ie suis heureux, de t'auoir pour
vainqueur, (caresses.
Puisque toutes tes Loix ne sont que des

Qui n'aimera IESVS, nous soit pour Ana-
theme, (Roys,
I'adore ses beaux yeux, mes astres & mes
Si ie ne l'aimois pas, qu'est-ce que i'ai-
merois? (aime?
Et qui ne l'aime pas, helas! qu'est-ce qu'il

MEPRIS DES VANITEZ,

sur l'Air, *Cessez amans de seruir.*

Mortels, quitez les vanitez mõdaines,
Et leurs appas enuironnez de peines,
Que JESVS soit vostre vnique amour,
De toutes ses erreurs que vostre ame guerie,
Dedaigne de faire la cour
Sinon au Fils de MARIE.

Vous connoistrez que ces fausses liesses
Ne vous causoient que de vrayes detresses,
Si IESVS est vostre vnique amour,
De toutes ses erreurs que vostre ame guerie,
Dedaigne de faire la cour
Sinon au Fils de MARIE.

HOMMAGE A IESVS Naiſſant,

ſur l'Air, *Voyant à la Croix attaché.*

QVe dites vous, gentils Paſteurs,
Du diuin Enfant de MARIE,
Ne diriez vous pas qu'il vous rie,
Son bel œil le Roy de nos cœurs?
Adorable Theandre,
Nous venons tous noſtre hommage vous rendre.
Sacrifions tous nos deſirs
A ce cher autheur de noſtre eſtre,
Seruons ce grand & petit Maiſtre,
Que ce ſoient là tous nos plaiſirs:
Adorable Theandre,
Nous venons tous noſtre hommage vous rendre.

SVR L'EPIPHANIE,

ſur le meſme Air.

Voici venir trois puiſſans Roys,
D'où le Soleil tire de l'onde
L'œil dont-il éclaire le monde,
Pour ſe ranger deſſous vos Loix:
O JESVS Adorable,
Qui eſtes né dans vne pauure Etable.

Que les petits comme les grands,
Viennent adorer ces Miſteres,
Que tous les hommes tributaires
Vous honorent ſelon leurs rangs:
O IESVS Adorable,
Qui eſtes né dans vne pauure Etable.

DE S. IEAN L'EVANGELISTE,

sur l'Air, *Voyant à la Croix attaché.*

IEan, veut dire grace de Dieu,
C'est le nom de toute belle ame,
Qui porte le trait en tout lieu
Du diuin amour qui l'entame,
Et qui n'a point d'autre desir,
Que de seruir à Dieu selon son bon plaisir.

O Jean, de IESVS fauory,
Qui reposas sur sa poitrine,
De ton Maistre le plus chery,
Enfant de sa Mere diuine,
Tu n'aurois point d'autre desir,
Que de seruir à Dieu selon son bon plaisir.

AV MESME,

sur l'Air, *Serois-ie pas le suiet.*

IESVS éleué en Croix,
A sa mere dolente
Et à Iean pres de ce bois
Dit d'vne voix mourante,
Femme, voila ton Fils pour moy;
Mon Fils, cette Mere est à toy.

Ce doux & dernier propos
Doubla toutes leurs flames,
Et à tous momens ces mots
Resonnoient dans leurs ames,
Femme, voila ton Fils pour moy,
Mon Fils, cette Mere est à toy.

SVR LA DOVCEVR DV B. François de Sales Euesque de Geneue,

sur l'Air, *Aurore, donne moy la vie.*

FRançois, ta douceur sans seconde
Estoit vn sainct rayon de miel,
Qui affriandoit tout le monde
A l'Amour des choses du Ciel:
Depuis que ton trépas
Nous a rauy ces charmes,
Nous n'auons icy bas
Qu'amertume & que larmes.

Dans la felicité supréme,
Dont tu iouïs dedans les Cieux,
Impetre à nostre düeil extreme
Vn peu de ce miel gracieux:
Depuis que ton trépas, &c.

AV MESME BIEN-HEVREVX, Pere des deuots Seculiers.

ſur l'Air, *IESVS dont l'éclat nonpareil.*

BIen-heureux Pere des deuots,
Qui viuent parmy les trauaux
Du ſiecle, rempli de furies,
Et par vn ſentier gracieux
Leur as môntré les induſtries,
Pour arriuer dedans les Cieux.

Du haut des ſieges triomphans,
Regarde icy bas tes Enfans,
Deſireux de ſuiure ta trace,
Et par les vices abbatus
D'auoir pres de toy quelque place,
Aupres du grand Dieu des vertus.

SVR L'ETOILE DE l'Epiphanie.

AVant le leuer du Soleil
L'aube vient, qui dit aux Etoiles,
Voicy le Roy, prenez vos voiles,
Cachez vous deuant ſon bel œil,
Vous ne luiſez qu'en ſon abſence,
Retirez vous en ſa preſence.

D'où vient donc que contre ſes loix,
On voit vne Etoile paroiſtre
Vers le Soleil qui vient de naiſtre,
Qui achemine trois grands Rois,
C'eſt que l'on peut voir les Etoiles
Quand le Soleil eſt ſous des voiles.

AVX SAINCTS INNOCENS.

Beaux Fleurõs, plus frais que durables,
Si les Parques impitoyables
Tranchent vostre fil au berceau,
C'est le destin des belles choses,
Vn matin voit naistre les roses
Et le soir les voit au tombeau.

Sur vos reliques tendrelettes
Croissent touiours les Violettes,
Le Cedre s'y puisse nourrir,
Qui de sa vigueur tousiours fraische
Comme il ne pourrit point, empesche
A iamais vos os de pourrir.

A SAINCTE GENEVIEVE
Patronne de Paris,

sur l'Air, *IESVS dont l'éclat nonpareil.*

GEneuieue, dont le flambeau,
D'vn éclat si vif & si beau
Par toute la France rayonne,
Que l'incomparable Paris
T'a attaché à sa couronne,
Comme vne perle de grand prix.

Patronne de cette Cité,
Plutost Vniuersalité,
Des grandeurs de toute la terre,
Reclame ton diuin Epoux,
Saincte Bergere de Nanterre,
Afin qu'il ait pitié de nous.

DE SAINCTE CATHERINE de Sienne.

sur l'Air, *Serois-ie pas le suiet.*

QVe i'aime la saincte ardeur
Et la flame diuine,
Qui brûloit dedans le cœur
De cette Catherine,
Qui a de Sienne le nom,
Et sa vertu tant de renom.

IESVS, son vnique Epoux,
Seul obiet de sa flame,
Consumoit d'vn feu si doux
Et son cœur & son Ame,
Qu'elle mettoit tout son bon-heur,
A languir dedans cette ardeur.

A L'ANGE GARDIEN,

sur l'Air, *Iesus dont l'éclat nonpareil.*

CHer Ange, à qui Dieu m'a commis,
Pour faire que mes ennemis,
Tant visibles qu'inuisibles,
Ne se preualent contre moy
Et ne puissent estre nuisibles
A mon amour ny à ma Foy.

Tu sçais que ie n'aime que Dieu,
Et qu'en tout temps & en tout lieu,
Sa seule gloire ie respire,
Fay doncques par ta pieté,
Qu'auec toy ie me puisse dire
L'amant de sa Diuinité.

DE SAINCT PAVL,

sur le mesme Air.

Vaisseau plein de gloire & d'honneur,
Incomparable resonneur,
Des grandeurs de ton diuin Maistre:
Paul, Apostre du sainct Esprit,
Qui nous as appris à connoistre
Les merueilles de IESVS-CHRIST.

Grand Docteur du troisiéme Ciel,
Tes propos plus doux que le miel,
Sont si sauoureux à nos ames,
Que rauis détonnement,
Leurs glaçons deuiennent des flames,
A ton premier resonnement.

DE SAINCT AVGVSTIN,

ſur l'Air,

Beaux yeux viue ſource de flame.

AVguſtin, flambeau de l'Egliſe,
Qui éclaires par tout, par tes diuins écrits,
Penſant à ton ardeur, c'eſt vn feu qui m'attiſe
Et qui embraſe mes eſprits.

Tu és & chaleur & lumiere,
Et ardant & luiſant comme vn ſacré brandon,
Continuë à mõ cœur ta faueur ſinguliere,
Et du Ciel m'impetre pardon.

AVX YEVX DE IESVS,

sur l'Air, *Aurore donne moy la vie.*

CEt oiseau que le nom d'Vnique
Montre assez estre sans pareil,
Dans vn bûcher aromatique
Se brûle au rayons du Soleil:
C'est le feu de vos yeux, adorable Theandre,
Qui a reduit en fin mon pauure cœur en cendre.

Que bien-heureuse est l'Arabie
Qui nourrit vn si rare oiseau,
Mais bien plus heureuse est la vie
Qui perit dans vn feu si beau:
C'est le feu de vos yeux, adorable Theandre,
Qui a reduit en fin mon pauure cœur en cendre.

ELEVATION A IESVS,

IESVS, dont le Nom eſt ſi doux,
De mon ame l'vnique Epoux,
Vous eſtes adorable,
Eſt-il rien comme vous,
Qui me ſoit aimable.

Vous eſtes l'vnique en beauté,
Vous eſtes l'vnique en bonté,
Seul obiect de ma flame,
C'eſt voſtre pureté
Qui blanchit mon ame.

HOLOCAVSTE SPIRITVEL,

BEauté des beautez la premiere,
Source de toute autre beauté,
Beauté de la diuinité
Toute de flame & de lumiere,
De mes yeux l'vnique splendeur,
De mon cœur la diuine ardeur.

A vostre feu, à vostre flame
Ie donne mon entendement,
Ma volonté pareillement,
I'abandonne toute mon ame
A vos flames & à vos feux,
En vous consacrant tous mes vœux.

AMOVR SAINCT
& inseparable,

sur l'Air, *Cloris est belle, il faut pour elle.*

I'Aime Theandre,
Qui me peut rendre, (Roys,
D'vn seul regard, plus heureux que les
Viue la vie,
Toute asseruie
Dessous le ioug de ses diuines lois.

Rien ne rauisse
A son seruice,
Mon pauure cœur, qui luy est consacré,
De ce qu'on aime
Plus que soy mesme,
Peut-on iamais en estre separé?

CANTIQVE DE SIMEON, Nunc dimittis.

LAisse desormais, ô Seigneur,
Aller en paix ton seruiteur,
Selon ta parole fidelle,
Puis qu'en fin i'ay veu de mes yeux,
Durant cette vie mortelle,
Le Roy de la terre & des Cieux.

Puis que i'ay tenu dans mes mains
L'homme-Dieu, salut des humains,
Le Redempteur de tout le monde,
La lumiere des nations,
En qui tout nostre espoir se fonde,
L'obiet de nos affections.

SVR LE TRE'PAS DE S. Ioſeph.

ſur l'Air, *Auiourd'huy parmy les mortels.*

L'Epoux de la Reine des Cieux
Exhale auiourd'huy ſa belle ame,
D'vn trépas tout delicieux,
Et parmy la diuine flame
Entre les bras aimez de IESVS adorable,
Lumiere de nos yeux, en ce val miſerable.

IESVS eſtoit à vn coſté,
De l'autre la pure MARIE,
Il paſſe dans l'Eternité,
Quittant cette mortelle vie,
Entre les bras aimez, de IESVS adorable,
Lumiere de nos yeux, en ce val miſerable.

DE S. BENOIST ELEVE' au Ciel,

sur l'Air, *Vostre visage est beau.*

VEnez auecque nous prendre part à la ioye,
Que ressentent nos cœurs, en voyant dans les Cieux,
Un sentier tout nouueau, vne excellente (voye
Que nous trace Benoist, d'vn air tout gracieux,
Cette voye est de lait, tant ell' est dele- (ctable,
Ell' est toute d'Amour, tãt ell' est amiable.
Ell' est toute de feu, ell' est toute de flame,
C'est le plus pur Amour de la diuinité,
Allons apres ce S. il conduira nostre ame
Par ce sentier parfait dedans l'Eternité,
Cette voye est de lait, &c.

SOVPIRS A IESVS,

sur l'Air,

Beaux yeux si charmans & si doux.

IESVS, si aimable & si doux,
Viue source de pures flames,
Qu'heureuses sont les belles ames
Qui n'ont point d'autre obiet que vous,
Et qui n'ont point d'autre desir
Que d'aimer vostre bon plaisir.

Flambeau de mes affections,
Pardon de mes fautes passées:
Las! si elles sont effacées
Ce n'est que par vos Paßions,
Je doy ma vie à ton trépas,
O toy, dont i'adore les pas.

A IESVS NAISSANT.

ASTRE, qui fais tout voir & qui vois tout außi,
Soleil, seul œil du monde,
Va tost te cacher dessous l'onde,
Retire toy d'icy,
Deuant ce IESVS qui nous luit
Ta lumiere n'est qu'vne nuit.

Pren ces nuages noirs, & en couure ton front
Comme auecque des voiles,
Où comme tu fais aux Etoiles
Tu receuras le mesme affront,
Car deuant l'Astre qui nous luit
Ta lumiere n'est qu'vne nuit.

A IESVS EN CROIX.

PVis-ie vous voir en cette Croix
Sans rendre l'ame de détresse,
Helas! vous voyant en ce bois,
Que vostre Charité me blesse,
Tres-aimable IESVS,
Ioignez à ma douleur vostre amour
& rien plus.

En voyant vostre affliction
Mes yeux deuiennent des fontaines,
O! que i'ay de compassion
De vous voir souffrir tant de peines,
Tres-aimable IESVS,
Ioignez à ma douleur vostre amour
& rien plus.

AVX PLAYES DE IESVS.

AVprés de ces viues fontaines,
Qui decoulent vn sang si vermeil & si doux,
Ie veux vous raconter mes peines
IESVS, en vous disant que ie langui pour vous,
Helas! qu'heureuse est l'ame
Qui s'embrase pour vous d'vne si saincte flame.

Sources & de sang & de braises
D'ou sortent des brandons d'vne diuine ardeur,
I'ay honte de chercher mes aises
Theandre, en vous voyant souffrir tant de douleur,
Helas! qu'heureuse, &c.

AVX MESMES PLAYES.

Faut-il que ie ſois ſans bleſſeures
En contemplant vos fleſtriſſeures ?
Las ! ie ne ſerois pas guery,
IESVS, ſi vous n'eſtiez meurtry.

O ! belles Playes adorables,
Helas ! que vous eſtes aimables,
Ie mets en vous tous mes deſirs,
Mes douleurs & mes plaiſirs.

SVR VN MOT DE l'Euangile,

Luc 11.

QVe les entrailles ſont heureuſes
Du ſainct ventre qui t'a porté,
Et ces mammelles ſauoureuſes
O IESVS, qui t'ont allaitté.

Bien-heureux qui graue en ſon ame
Ta Loy, plus douce que le miel,
Qui dans vn chariot de flâme
Le transporte dedans le Ciel.

LES LARMES, ET LA Conuersion de S. Augustin.

sur l'Air, *Les yeux baignez de pleurs.*

ADieu monde peruers, dont les malheureux charmes,
Ont en vain cõsumé le plus beau de mes ans,
Ie veux que desormais dedans l'eau de mes larmes
Soient éteins dans mon cœur tes feux les plus cuisans.

Que i'estois insensé quand mon ame asseruie
Idolatre adoroit les mortelles beautez,
Mon esprit languissant apres les vanitez,
Et c'estoit vne mort qu'vne si triste vie.

Ainsi voyant à Dieu son ame conuertie
Soupiroit doucement le diuin Augustin,
O Dieu, fauorisez a'vn semblable destin;
De si mauuais appas mon ame diuertie.

VOEVX RENOVVELEZ,

ſur l'Air, *Puiſque mon amour eſt vn crime.*

PVisque mon ame ſans contrainte
S'eſt liée d'autant de nœuds
Que i'ay prononcé de ſaincts vœux
A vne condition ſaincte,
Faut-il pas que i'obſerue auec fidelité
Tout ce que i'ay promis à la diuinité.

D'vne ferueur toute nouuelle
Je refais les meſmes ſermens,
O Dieu, vous ſçauez ſi ie mens,
Et ſi ie vous ſuis infidelle,
Puniſſez ô Seigneur, mon infidelité
Si ie viens à fauſſer ce que i'ay proteſté.

DOVCEVR DV CLOISTRE,

sur l'Air, *Beau lieu, seiour delicieux.*

CLoistre, seiour deuotieux,
Le plus propre de tous les lieux
Que mon ame pouuoit élire
Pour passer le cours de mes ans,
Helas! comment pourrois-ie dire
La paix que chez toy ie ressens?
J'y passe les iours & les nuits,
Libre de ces fâcheux ennuis
Qui tirannisoient ma pensée,
Alors que le monde infecté
Tenoit mon ame embarrassée
Aux gluaux de la vanité.
Lors qu'en ton sein ie me remis,
La crainte de mes ennemis
S'éuanoüit de mon courage,
Pour seruir la diuinité
Durant le reste de mon age,
En Iustice & en sainteté.

Solitude

SOLITVDE,

sur l'Air, *Rochers, Antres, Deserts.*

Solitaires Deserts,
Voyez de quel courage,
Ie supporte les fers
De mon doux esclauage:
Témoignez à IESVS, que c'est pour son Amour;
Que ie me suis reduitte en ce sobre seiour.

O! Antres écartez,
Dedans l'horreur sacrée
De vos obscuritez
Mon ame se recrée:
Dites à mon IESVS, qu'en ce mortel seiour,
Ie n'ay point de plaisir que dans son seul Amour.

CANTIQVE DE Consolation.

LE Dieu dont ie suis protegé
Gouuerne & restaure mon ame,
Alors que ie suis affligé
Il me renforce par sa flame:
IESVS en toute affliction
Est nostre consolation.

Quand il voit mon ame en langueur
Il luy releue le courage,
La joye est-elle en nostre cœur,
Il l'augmente encor dauantage:
IESVS la douceur des douceurs,
Vous estes l'aiman de nos cœurs.

SAINTE SABINE REGRETTE ſaint Alexis.

ſur l'Air,
Beaux yeux ſi charmans & ſi doux.

QVi m'a rauy mon cher Amant,
Diſoit Sabine inconſolable,
Faut-il que ie ſois miſerable
Au iour de mon contentement.
Sus, ſus, mes yeux iuſqu'à la mort,
Pleurez, pleurez, la rigueur de mon ſort.

Non, ie ne vous meritois pas
Alexis, car voſtre belle ame
Brûlant d'vne plus ſainte flame,
A ſçeu mépriſer mes appas.
Sus, ſus, mes yeux, &c.

CONSOLATION EN DIEV,

sur l'Air, *Hé ! quel allegement.*

MOn Esprit accablé de tristesse & de dueil,
Ne sçait à qui le dire :
O mon Dieu, voulez vous, que iusques au cercueil,
Sans cesse ie soûpire.

Non, vous estes trop bõ, ie verray quelque iour
Reuenir ma liesse :
Quãd vous courõnerez mon patient amour,
D'vne sainte allegresse.

Espere dõc mõ cœur, ce bien que tu attens,
Sans te donner en proye,
A vn triste chagrin, à la fin en son tems
Reuiendra nostre ioye.

PLEVRS PENITENS,

sur l'Air, *Ruisseau qui cours.*

Source, dont la course argentine
Arrose les fleurs de ce lieu,
Quand sera-ce que pour mon Dieu,
Versant vne humeur cristalline
De mes yeux larmoyans, ie verray dans mes pleurs
Noyer ma vie & mes douleurs?

Ay-ie pû, lasche Creature,
Offenser mon grand Createur,
Me reuoltant contre l'Autheur,
De la grace & de la nature?
Pleurez mes yeux, pleurez, puissay-ie dans mes pleurs,
Noyer ma vie & mes douleurs.

DE LA VERTV DE Discretion.

sur l'Air, *Conseil dont l'indiscretion.*

LA vertu de Discretion
Possede mon affection,
C'est sous sa Loy que ie veux viure,
Et la garder iusqu'au tombeau,
Pour ma conduite, ie veux suiure
La lumiere de son flambeau.

Arriere le train vicieux,
Du zele peu iudicieux
Qui gaste tout pensant bien faire,
Viue la mediocrité,
La vertu la plus exemplaire
N'est iamais dans l'extremité.

COMPONCTION,

ſur l'Air, *Amour, cruel Amour.*

SEigneur, ſecourez moy, mon eſprit vous appelle,
N'ayant plus de vigueur,
Regardez en pitié mon ame criminelle
Qui craint voſtre rigueur.
Souuenez vous IESVS, *que pour lauer mon crime,*
Vous-vous eſtes offert
Sur l'Autel de la Croix, ainſi qu'vne victime,
Ou vous auez ſouffert.
He! ne permettez pas, que les viues fõtaines
De ce Sang tout diuin,
Pour noyer les pechez, qui coule de vos veines,
Pour moy s'épande en vain.

TABLE DES SVIETS
de ces Motets.

D.

E.

F.

FIN.

EXTRAIT DV PRIVILEGE du Roy.

PAR Grace & Priuilege du Roy, donné à Paris le 21. Ianuier 1647. ſigné Par le Roy en ſon Conſeil, BERAVD, & ſcellé du grãd ſceau en cire jaune, il eſt permis à PIERRE POISSON Marchãd Libraire à Caën d'imprimer, ou faire imprimer, vendre & debiter vn Liure intitulé *Recits ou Motets de Deuotion, ſur les plus beaux Airs de ce temps*, Compoſez par I. P. C. A. D, Auec tres-expreſſes deffences à toutes perſonnes de quelque eſtat & condition qu'ils ſoient, de l'imprimer ou faire imprimer, vendre ni debiter ſous quelque pretexte que ce ſoit ſans le cõſentement dudit POISSON, durant le tẽps de cinq années entieres, à commencer du jour que ledit Liure ſera acheué d'Imprimer pour la premiere fois, à peine de cinq cens liures d'amende, confiſcation des Exemplaires contrefaits, & de tous deſpens dommages & intereſts, à la charge de fournir les Exemplaires dénommez audit Priuilege, Veut & entend ſa Majeſté qu'en mettant au commencement ou à la fin dudit liure vn extrait dudit Priuilege il ſoit tenu pour ſignifié, & que foy y ſoit adjouſtée comme à l'Original.

Acheué d'Imprimer pour la premiere fois, le 15. iour de Mars 1647.

www.ingramcontent.com/pod-product-compliance
Lightning Source LLC
Chambersburg PA
CBHW051143260626
47170CB00005B/1953
9782013015707